**ATTENTION !**

*Cette bande-dessinée est publiée dans son sens de lecture original japonais, les bulles se lisant de droite à gauche.*

***Vous êtes donc ici à la FIN !***



DOG STYLE 1

Originally published in Japan in 2005
French translation rights arranged with Libre Publishing Co.,Ltd.Tokyo.
through TOHAN CORPORATION, Tokyo.

Dépôt légal à parution
ISBN 978-2-35180-388-2


Directeur de collection : Yves Huchez

Traduction : Margot Maillac
Correction et adaptation : Véronique Huchez

Conception graphique : Alexandre Cozette
Adaptation graphique et lettrage : Ophélia Huchez

Imprimé en France par Imprimerie Darantiere
N° d'impression : 10-0110

# あとがき

BONUS

À L'ÉPOQUE DU LYCÉE, J'AVAIS UN AMI QUI S'APPELAIT ERIO OKA (IL TRAVAILLE MAINTENANT SOUS LE PSEUDONYME DE MIYAHO ODA). J'AI RELU L'ANNÉE DERNIÈRE UN DOUJINSHI QUE NOUS AVIONS FAIT ENSEMBLE, ON L'AVAIT APPELÉ « DOG STYLE ».

ÇA A FAIT TILT DANS MA TÊTE. L'HISTOIRE ÉTAIT GÉNIALE, ELLE CAPTURAIT AVEC SUBTILITÉ ET FRAÎCHEUR LES SENTIMENTS QUE NOUS RESSENTIONS À CE MOMENT DE NOTRE JEUNESSE.

JE LUI AI DEMANDÉ SI JE POUVAIS DESSINER L'HISTOIRE ET IL A ÉTÉ TOUT DE SUITE D'ACCORD. C'EST COMME ÇA QUE L'HISTOIRE DE MIKITY ET DE TERU A VU LE JOUR.

CEPENDANT, JE N'AVAIS PAS ASSEZ DE MATIÈRE POUR EN FAIRE UNE SÉRIE. C'EST POUR CELA QUE FINALEMENT 90% DE L'OEUVRE AU FINAL VIENNENT DE MOI.

POURTANT, JE N'Y SERAIS PAS ARRIVÉE SANS L'OEUVRE DE BASE, CAR C'EST DE LÀ QUE SORTENT LES DIALOGUES ET LES SCÈNES IMPORTANTES.

J'ESPÈRE AVOIR PU RENDRE HOMMAGE À L'OEUVRE QU'AVAIT CRÉÉE OKA À L'ÉPOQUE. JE LUI SUIS TRÈS RECONNAISSANTE DE M'AVOIR LAISSÉE LE FAIRE.

SI VOUS POUVEZ LIRE CE MANGA AUJOURD'HUI, C'EST GRÂCE À LUI.

02/2005 MODORU MOTONI

« EST-CE QUE TU VEUX DEVENIR MON ANIMAL DE COMPAGNIE ? »

DOG STYLE

犬スタイル

DOG STYLE

DÉGAGE LE VIEUX ! C'EST MON TERRITOIRE ICI !
LORSQUE J'AI EMBRASSÉ STRAY DOG
IL AVAIT UN PETIT GOÛT DE CITRON.
AU SE-COURS !
DOG STYLE 00 / PREMIER BAISER AVEC STRAY DOG / FIN

STRAY DOG EST PETIT ET LÉGER.

LA FERME !
SI JE TE REVOIS ICI JE TE MONTE DESSUS...
GH GH GH
ET JE TE VIOLE !
VAS-Y MONTE-MOI DESSUS !
QUE JE TE DÉVORE !
ESSAIE UN PEU POUR VOIR !

C'EST TOI QUI VAS DÉGAGER STRAY DOG
OU JE TE DÉCOUPE LA QUEUE AVEC LES DENTS !
GGH
GRIP
JE TE PRÉVIENS ! SI TU ESSAIES ENCORE UNE FOIS DE MARQUER
MON TERRITOIRE AVEC TON SPERME ÇA VA MAL ALLER POUR TOI !

ALLEZ, RANGE TA BITE ET DÉGAGE !
JE VAIS TE BUTER !
MMMHHHHHH
HIAAH

TAP
TU ES SUR MON TERRITOIRE !
ALORS, ÇA Y EST T'ES SORTI DE TON TROU ?
RETIRE-TOI À L'INSTANT MÊME !
C'EST QUI ?
MON NOUVEAU COPAIN.
AH.
BAM
TOI !
QUI EST TON COPAIN ??
MAIS C'EST QU'IL CHERCHE LES ENNUIS...

IL ME...
DÉVORE...
LENTEMENT...
JUSQU'À ME TUER.
BAM
AH.

IL ME MORDILLE LA POMME D'ADAM...
ガブ
GNIAH
AHN !
IL ME LÈCHE
EN HALETANT
AVEC SA GROSSE LANGUE.
AAHN
IL ME DONNE DE VIOLENTS COUPS DE HANCHE...
L'ENFOIRÉ !
TANDIS QUE JE LUI GRATTE LE POIL...
ARRÊTE ! ARRÊTE !
ET JE PEUX À PEINE RESPIRER...
MAIS CE CHIEN NE CONNAÎT PAS LA GENTILLESSE,
IL A DÛ L'ABANDONNER DANS UNE DÉCHARGE...
...
J'ENTENDS SA RESPIRATION
TANDIS QUE JE MEURS PEU À PEU.

C'ÉTAIT LE CONTRAIRE ?
AH LA SENSATION
DE SE FAIRE PRENDRE PAR UN HOMME PLUS JEUNE...
OUI
TON PÉNIS EST GÉNIAL !
J'AI UN COPAIN MAINTENANT.
UN AUTRE QUE M...
MGH
PLUS JEUNE QUE MOI.
UN VOYOU DÉCOLORÉ,
TOUT PETIT.
J'EN PEUX PLUS
J'VAIS CREVER
C'EST UN CHIEN ERRANT !
IL EST DÉJÀ ALLÉ ENTRE MES CUISSES.

AAH !
AH...
AH
AH
ALORS IL FAIT CE GENRE DE TRUCS...
PAPA... MAMAN... JE NE SERAI PLUS JAMAIS MÉCHANT ...
VENEZ ME SAUVER !
AÏEE
UH
AAAÏEEEU !
KONG
AH !
GRAN-DE SO-EUR ...
PAPY... MAMIE !
DEPUIS QUE JE T'AI RENCONTRÉ,
C'EST TOUJOURS MOI QUI T'AI ENCULÉ...

RR
AÏE !
AÏE !
MERDE !
COMMENT TU CONNAIS CET ENDROIT ?
J'AI PRIS UN JOUR DE CONGÉ LA SEMAINE DERNIÈRE ET...
TU M'AS SUIVI ?
T'ES DIN...
J'ENTRE !
AH...
AÏE...
ALORS, TU PRENDS TON PIED AVEC MON PÉNIS ?
NE CROIS PAS QUE ÇA VA ÊTRE GRATUIT !
T'ES UN BEAU PARLEUR TOI !
AAH

RR
RR
IL EN ÉCRASE…
カゴメトマト
TOC
BAH…
RR
J'AI UNE DETTE ENVERS LUI…
PEU IMPORTE SI ON NE SE VOIT PAS.
DE TOUTE FAÇON, MÊME LORSQU'IL EST À CÔTÉ DE MOI, JE NE SENS PAS SA PRÉSENCE.
MILD SEVEN
MOI QUI CROYAIS AVOIR LES SENS PARTICULIÈREMENT DÉVELOPPÉS…
RR
RR
HUMPF
COMMENT ÇA SE FAIT ?

* TOMATO JUICE

AAAH ?
AH BON ? (C'EST LOUCHE...)
ALLEZ ! ALLONGE LA MONNAIE !
JE L'ENTENDS À NOUVEAU...
OK.
YEAH !
MIKI !
TAIS-TOI.
ALLEZ-Y FAITES-VOUS PLAISIR !
CRÉTIN, TU ES PRÊT À VENDRE TON ÂME POUR DU FRIC ?
CRÉTIN !
MERCI POUR LE CASH !
TROP COOL !

NON C'EST NUL ! C'EST AUJOURD'HUI QUE JE VOULAIS T'INVITER AU RESTO !
MAIS ...
ALLEZ, PRÊTE-LEUR !
STRAY DOG EST SI MI-GNON...
QUAND IL SOURIT... (NON J'AI RIEN DIT)
JE ME DEMANDE SI J'AI UN PENCHANT POUR LES MECS PLUS JEUNES. (NON C'EST PAS VRAI)
BON MIKITY PRÊTE-MOI DU FRIC !
MOI ?
MIKITY ?
MIKITY →
ALLEZ ? T'ES TOUJOURS EN TRAIN DE RACONTER COMBIEN T'ES FRIQUÉ !
D'OÙ IL VIENT TON BLÉ ?

TU M'AS TOUJOURS PAS REMBOURSÉ CE QUE TU ME DEVAIS.
NON.
MAIS ON EST FRÈRES ENFIN !
JE TE RENDS TON FRIC EN RENTRANT !
NOS AMIS RESPECTIFS SONT FRÈRES...
BON ALORS TU VEUX PAS EN PRÊTER À TERU ?
POURQUOI MOI ?
AH MAIS OUI SON PRÉNOM C'EST TERU...
MAIS !
LAISSE TOMBER, KASHIWA !
ON REMET ÇA À UN AUTRE JOUR.
JE DOIS ALLER QUELQUE PART AUJOURD'HUI...
C'EST UNE DÉCLARATION DE GUERRE ?

JE PASSE POUR AUJOURD'HUI...
MAIS JE VEUX PAS TE VOIR ICI DEMAIN !
MAIS C'EST MON TOUR DEMAIN !
MAIS NE TOUCHE PAS À MON MATELAS !
THANK YOU ...
TU DEVRAIS TE CACHER JUSQU'À CE QU'ILS SE CALMENT.
DEMAIN JE M'EN FOUTRAI.
STRAY DOG A UNE DETTE ENVERS MOI MAINTENANT. CHIAKI... C'EST SON NOM OU SON PRÉNOM DÉJÀ ?
BAH... J'M'EN FOUS.

IL S'EST ENFUI VERS LE SUD !
HEIN ?
CET ENFOIRÉ M'A PIQUÉ MON VÉLO !
LE SUD...
AHA !
LE SUD...
...
LE SUD ?
AH ET SI VOUS RETROUVEZ MON VÉLO VOUS ME LE DITES, HEIN !
...
QU'EST-CE QU'ILS SONT CONS...

OUAH,
IL A VRAIMENT UNE BELLE VOIX.
OOH CHIAKI !
ARRÊTE DE TE CACHER !
ON VA VENIR TE PÉTER LA GUEULE !
T'AS LA TROUILLE HEIN ?!
BON ON VERRA ÇA UNE AUTRE FOIS.
...
ON ARRIVE CHIAKI !
MAIS NE REVIENS PAS DEMAIN.
EXCUSEZ-MOI !
VOUS CHERCHEZ UN PETIT DÉCOLORÉ ?

OUAIS ...
MAIS JE T'ENTENDS PENSER.
JE T'ENTENDS TE PLAINDRE !
ET BLA BLA BLA BLA BLA BLA !
IDIOT !
SI T'AS UN TRUC À DIRE...
VAS-Y ABOIE !
L'EST GRAND ...
T'AS JETÉ MES ORDURES
ET TU AS LAISSÉ LES TIENNES À LA PLACE, HEIN !
TU VEUX TE BATTRE ?
TU VAS LE REGRETTER !

...
LA FERME !
QU'EST-CE QUE TU FAIS ICI DE TOUTE FAÇON ?
REGARDE CE MATELAS,
JE L'AI TROUVÉ DANS L'ENTREPÔT EN BAS !
CASSE-TOI !
C'EST MON TOUR AUJOURD'HUI !
ET SI TOI TU PARTAIS ?
J'AI DÉCIDÉ QU'ICI C'ÉTAIT MA BASE SECRÈTE,
JE ME FOUS DE SAVOIR SI ON EST LUNDI OU JEUDI !
C'EST CHEZ MOI ICI ALORS NE REVIENS PLUS SALE CHIEN ERRANT !
QUOI ?
C'EST MON TERRITOIRE ICI ENFOIRÉ !
LA FERME ! ARRÊTE DE BRAILLER !
MAIS J'AI ENCORE RIEN DIT !

TAP
TAP
ON N'A PAS ENVIE DE TOMBER L'UN SUR L'AUTRE.
CLING
ALORS, ON A DÉCIDÉ…
QU'IL VIENDRAIT LES LUNDIS ET MARDIS ET MOI LES JEUDIS ET VENDREDIS.
ON EST LUNDI, C'EST SON JOUR.
AH !
QUE ?
ALORS, TU M'IGNORES ?
YO !
TU ME REMARQUES TOUJOURS PAS HEIN ?
POURTANT, ON PEUT PAS DIRE QUE JE SOIS DISCRET. TU M'ÉNERVES !

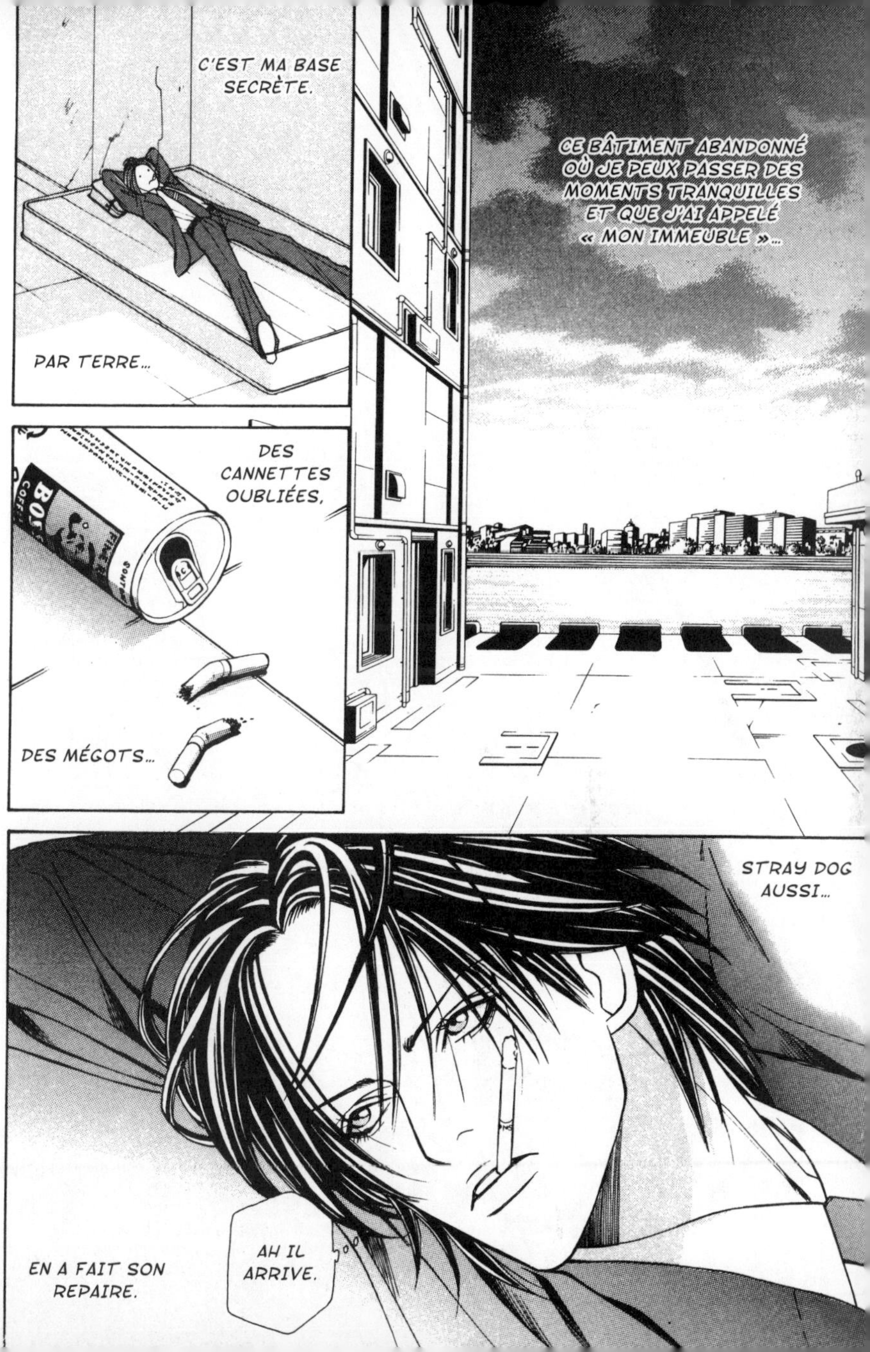

CE BÂTIMENT ABANDONNÉ OÙ JE PEUX PASSER DES MOMENTS TRANQUILLES ET QUE J'AI APPELÉ « MON IMMEUBLE »…
C'EST MA BASE SECRÈTE.
PAR TERRE…
DES CANNETTES OUBLIÉES,
DES MÉGOTS…
STRAY DOG AUSSI…
EN A FAIT SON REPAIRE.
AH IL ARRIVE.

C'EST UN CHIEN ERRANT. LES SENS EN ALERTE, LA RESPIRATION DISCRÈTE, LA QUEUE BIEN DROITE.
UN CHIEN ERRANT QUI NE SAIT PAS OÙ ALLER.
DOG STYLE
DOG STYLE 00 / PREMIER BAISER AVEC STRAY DOG

CHAPITRE 5 / FIN

EST-CE QUE TU VEUX DEVENIR MON ANIMAL DE COMPAGNIE ?
SMACK
SEULEMENT SI...
HUM ?
SI TU ME NOURRIS TOUS LES JOURS AVEC DES BAISERS DE LA MORT !

DIS.
TA QUEUE EST RELÂCHÉE LÀ ?
SMACK
C'EST BON, HEIN ?
TU EN VEUX PLUS ?
SMACK
SMACK
SMACK

LORSQU'ON S'EST VUS À MIDI, C'ÉTAIT PAS PAR HASARD…
JE TE CHERCHAIS.
TOC

NE PRENDS PAS TROP LA CONFIANCE AVEC MOI...
ENFOIRÉ !
J'AI FAIT EXTRÊMEMENT ATTENTION EN ARRIVANT À CAUSE DE CE KIJIMA QUI M'EN VEUT...
M'EN FOUS.
ET PUIS ...
LES MEUFS AVEC QUI J'AI COUCHÉ ONT TOUJOURS JOUI...
ELLES NE M'ONT JAMAIS DIT QUE JE LEUR FAISAIS MAL...
ET PUIS...
M'EN FOUS.

ENCORE UNE FOIS, TU NE M'AURAS PAS REMARQUÉ.
JE SUIS LÀ DEPUIS UNE DEMI-HEURE.
TU NE TE RENDS PAS COMPTE DE MA PRÉSENCE MÊME LORSQUE TU SOUHAITES ME VOIR...
MÊME LORSQUE JE SUIS À CÔTÉ DE TOI...
ALORS, TU AS COMPRIS QUE TU ÉTAIS NAZE AU LIT STRAY DOG ?

EST-CE QU'IL VA VENIR ?
IL NE ME RESTE PLUS QU'À DISSOUDRE MES BONNES ET MAUVAISES PENSÉES
Y'A PAS DE RAISON...
JE VIENDRAIS PAS SI J'ÉTAIS LUI.
DANS LE SOLEIL COUCHANT...
FSSCH
Tropicala
100%
ORANGE JUICE

C'EST PAS VRAI.
TU POURRAIS ARRÊTER ÇA ?
OK, C'EST BON !
KIJIMA (TERMINALE) DE L'ÉCOLE NANNONGI

DING
DONG
SHUUUiiiiTT
T'ES PAS MAL.
ON BAISE ?
QUI EST AU-DESSUS ?
MOI.
VA CREVER.
PFUH

MORAL DANS LE CANIVEAU
« TU PEUX TOUJOURS RÊVER POUR QU'ON LE REFASSE ! »
JE SUIS NUL...
QU'EST CE QUE JE VAIS DEVENIR ?

C'EST QUE TOUT EN ÉTANT DANS LA LIGNE DE MIRE DE CET IDIOT DE KIJIMA…
JE DOIS CONTINUER À ÊTRE POTE AVEC KASHIWA ALORS QUE C'EST DE SA FAUTE…
FAIRE ATTENTION À SA COPINE…
FLAP
ET ME PROPOSER GENTIMENT COMME APPÂT LORS DE LEURS RENDEZ-VOUS…
IL EST TROP GÉNIAL !
OH ! IL TE PLAÎT MASAKO ?
OH NAN, T'ES BÊTE !
MAIS LE BOUQUET… C'EST QUE J'AI MÊME PAS LE DROIT D'ÊTRE EN COLÈRE.
ET ALORS QUE JE PENSAIS POUVOIR TROUVER DU RÉCONFORT DANS LES BRAS DE L'AUTRE ASPERGE, IL SE TROUVE QUE…
JE SUIS NUL.

OH NON
OUBLIE CE QUE J'AI DIT !
SOYEZ DE NOUVEAU COPAINS, D'ACCORD ?
OUAIS J'AI COMPRIS, J'AI TRÈS BIEN COMPRIS !
OUAIS PAS DE PROBLÈME !
OH MAIS NON !
C'ÉTAIT PAS UNE GROSSE DISPUTE DE TOUTE FAÇON !
J'ESPÈRE QUE JE NE VOUS GÊNERAI PLUS PENDANT VOS RENDEZ-VOUS !
HA-HA-HA !
EN GROS CE QU'ELLE VOULAIT DIRE…
FLAP

C...
CES DERNIERS TEMPS KASHIWA NE VA PAS TRÈS BIEN...
CE... CE SERAIT BIEN SI VOUS POUVIEZ...
ÊTRE À NOUVEAU COPAINS... JE T'EN PRIE !
J'ARRIVE PAS À Y CROIRE.
HEIN ?
KASHIWA M'A DIT QUE VOUS NE VOUS PARLIEZ PLUS, IL EST TOUT DÉPRIMÉ.
...
IL NE FAIT QUE PARLER DE TOI QUAND ON EST ENSEMBLE...
JE...
JE SUIS UN PEU...

ON DIRAIT QU'IL N'EST PLUS ÉNERVÉ...
ON DIRAIT SURTOUT QUE QUELQUE CHOSE DE BIEN PIRE LUI EST ARRIVÉ...
IL A LA TÊTE DE QUELQU'UN QUI A VU SA VIE DÉFILER DEVANT LUI.
AH, KANA !
KANA !
J'ARRIVE !
AH...
EUH PARDON MAIS...
EN FAIT, KANA AIMERAIT PARLER AVEC CHIAKI.
AVEC MOI ?

HAA
HAA
HAA
HAA
GRR
HAA
TU PEUX TOUJOURS RÊVER POUR QU'ON LE REFASSE !
PAF

J'AI PAS MAL D'EXPÉRIENCE DANS CE DOMAINE ET...
FORCÉMENT JE NE PEUX M'EMPÊCHER DE COMPARER...
HEIN, MINUS !!!
JE PEUX TE LE GARANTIR...
AU LIT TU CRAINS ! TOUT CE QUE TU SAIS FAIRE C'EST FAIRE MAL !
QU'EST-CE QUE TU VEUX QUE JE DISE ?
TU ES NUL !
NUL ! COMPLÈTE-MENT NUL !

TU POURRAIS CRIER DES TRUCS DU GENRE « OH OUI TERU C'EST TROP BON ! »
«MAIS NAN ! TU TE LA JOUES FRIGIDE ! »
GRR
GRR
FRIGIDE !
OUAIS C'EST ÇA !
FRIGIDE !
AH OUAIS...
FRIGI-DE ?
MOI FRIGIDE ?
FERME-LA ET ÉCOUTE UN PEU...
ALORS QUE DEPUIS LE DÉPART JE SUBIS SANS BRONCHER TA TECHNIQUE SEXUELLE DIGNE D'UN ENFANT DE 4 ANS ?

TU POURRAIS GÉMIR UN PEU !
QUAND MÊME !
GRR
GRR
J'SAIS PAS MOI... MONTRER QUE T'AIMES ÇA !
C'EST INJUSTE. MOI JE ME DONNE À FOND...
ET TOI TU EN PROFITES TOUT SEUL !
JE TE RAPPELLE QUE JE SUIS PAS HOMO !
GRR
GRR
ET ALORS QUE JE FAIS DES EFFORTS...
TOI TU FAIS RIEN POUR M'AIDER...
TU PROFITES C'EST TOUT !
ÇA ME FAIT DÉBANDER !
OUAIS ...
GRR
DÉBANDER
GRR
DÉBANDER
GRR
DÉBAN-DER
GRR

わしゃ
FRR
わしゃ
FRR
わしゃ
FRR
DIS…
HUM ?
JE PEUX TE DIRE UN TRUC ?
OUAIS ?
QUAND ON LE FAIT,
POURQUOI TU NE ME DONNES PAS DE PLAISIR COMME MAINTENANT ?
QUAND JE SUIS EN TOI…
TU NE FAIS QUE DES « ARH » ET « UH »…
TU POURRAIS PAS…
FAIRE DES BRUITS UN PEU PLUS SEXY ?

C'EST MALIN,
T'AS EU DES PROBLÈMES ?
OUAIS
MAIS KIJIMA N'ÉTAIT PAS LÀ, ET LES MECS VOULAIENT JUSTE S'AMUSER, MAIS...
KASHIWA...
J'AI PEUR !
KASHIWA ?
QUAND ILS ONT ENTENDU MON NOM, ILS SONT DEVENUS SÉRIEUX.
ILS ONT COMMENCÉ À SE RASSEMBLER PEU À PEU,
C'ÉTAIT VRAIMENT LA MERDE...
« CE N'EST QUE LE PETIT FRÈRE DE KASHIWA. AUJOURD'HUI VOTRE ADVERSAIRE C'EST MOI. »
ATTENDS,
T'ES EN TRAIN DE DIRE QUE TU AS FUI EN LAISSANT TERU TOUT SEUL ?
MAIS ENFIN, KANA NE SAIT PAS SE BATTRE !
MAIS QUEL CONNARD...
AU FINAL, TERU EST SORTI VAINQUEUR,
MAIS DEPUIS KIJIMA L'A DANS LE COLLIMATEUR...
IL EST FURAX, UN VRAI CHIEN ENRAGÉ !

GRAND FRÈRE !
T'AS VU TERU ?
JIRÔ !
ON PEUT DIRE ÇA COMME ÇA...
...
QU'EST-CE QUE TU LUI AS FAIT ?
JE NE L'AVAIS PAS VU AUSSI ÉNERVÉ DEPUIS LONGTEMPS...
TERU VA AVOIR DES PROBLÈMES AVEC KIJIMA DE L'ÉCOLE NANNOGI...
KIJIMA ?
IL EST DANGEREUX,
MÊME TERU LE REDOUTE.
J'AI ACCOMPAGNÉ KANA
VOIR DES COPINES À NANNOGI.

SRR
FFH
FFH
FFH
FFH
FFH
FFH
FFH

TU VOULAIS ME DIRE QUOI ?
RIEN DU TOUT...
JE PASSAIS LÀ PAR HASARD...
PAR HASARD ?
ET C'EST PAR HASARD QU'IL M'A AMENÉ SUR LE TOIT ?

J'AI UN TRUC À TE DIRE.
AH ?
HÉ !
TERU !
J'ÉTAIS EN TRAIN DE PARLER À MIKI !
OH TERU !
LA FERME-ME !
QUOI ?
FAIS ATTEN-TION TU...
LA FERME ...

SRR
PLUS MOI ?
DIS MIKI,
TU VOUDRAIS PAS RECOMMENCER ?
LE TENNIS...
JE NE VEUX PAS EN PARLER !
MAIS ENFIN, TU ÉTAIS TELLEMENT DOUÉ !
LA FERME !
TU ÉTAIS MON RIVAL AUTREFOIS !
JE M'EN FOUS !
YO MIKITY !
STRAY DOG...

QUE LA FRANGE SUR LE CÔTÉ T'ALLAIT MIEUX.
AH BON.
C'EST TERU QUI TE L'A DIT CETTE FOIS ?
J'AVAIS ARRÊTÉ DE LA METTRE SUR LE CÔTÉ À CETTE ÉPOQUE À CAUSE DE ÇA. ÇA M'AVAIT INTIMIDÉ.
...
SSRR
ARRÊTE !
ARRÊTE TOUT ÇA !
ARRÊTE DE TE PROSTITUER, DE COUCHER AVEC N'IMPORTE QUI !
JE NE SAIS PAS SI TU FAIS ÇA POUR ATTIRER MON ATTENTION OU SI C'EST UN COMPORTEMENT AUTODESTRUCTEUR, MAIS...
TU N'ÉTAIS PAS COMME ÇA AUTREFOIS !
SSRR
C'EST FAUX, J'AI TOU-JOURS ÉTÉ COMME ÇA.
ÇA N'EST PLUS TOI !

D'HABITUDE ELLE TOMBE DEVANT.
MAIS APRÈS LE SEXE ELLE TOMBE TOUJOURS...
SUR LE CÔTÉ...
...
JE COMPRENDS PAS, STRAY DOG EST DE NOUVEAU ABATTU.
T'AS CHANGÉ TA FRANGE ?
SRR
OUAIS, ÇA ME VA BIEN.
TU SAIS, JE TE L'AI DÉJÀ DIT IL Y A LONGTEMPS...

DÉSOLÉ QU'IL N'Y AIT QUE MOI QUI AI JOUI...
ÇA FAIT TELLEMENT MAL, J'AI PAS PRIS MON PIED DEUX SECONDES.
AÏE
AÏE
AÏE
JE PEUX PAS LUI DIRE...
C'EST UN TRUC À LE RENDRE IMPUIS-SANT.
MOI JE POURRAIS PAS M'EN REMET-TRE...
JE VAIS ESSAYER D'ENDURER.
C... C'ÉTAIT BIEN...
AÏE
DIS...
JE PRÉFÈRE TA FRANGE QUAND ELLE EST SUR LE CÔTÉ.

IIH
TU VAS JOUIR ?
AH…
DIS-LE SI T'AIMES ÇA !
IIH !
OUI !
C'EST BON…
C'EST BON ! C'EST BON !
JE…
JE PEUX JOUIR ?
OUI !
OUI !
OUI !
QUE ÇA S'ARRÊTE !
J'EN PEUX PLUS IL VA ME TUER !

HA
LA PREMIÈRE FOIS ÇA M'A FAIT MAL.
HAA
LA DEUXIÈME FOIS ÇA M'A FAIT VACHEMENT MAL.
HAAA
LA TROI-SIÈME FOIS C'ÉTAIT UN CALVAIRE TOTAL !
AÏE !
AÏE !
ÇA FAIT MAL !

OH STRAY DOG
ÇA FAISAIT LONGTEMPS !
ON TE VOIT PLUS BEAUCOUP CES TEMPS-CI...
VIENS LÀ.
TA QUEUE VA DE NOUVEAU FRÉTILLER COMPTE SUR MOI !
C'ÉTAIT LA TROISIÈME FOIS QUE JE COUCHAIS AVEC STRAY DOG.

(PETIT RÉSUMÉ)
STRAY DOG S'EST FAIT MORDRE LA QUEUE PAR SON MEILLEUR AMI, MAIS HEUREUSEMENT MIKITY EST LÀ POUR LA LÉCHER.
CHAPITRE 5 / FIN
DOG STYLE

JE TE LAISSERAIS PLUTÔT TOMBER POUR DES SUSHIS.
DES SUSHIS ?
TU PRÉFÈRES PAS UN CHIEN TOUT FRÉTILLANT ?
À SUIVRE
STRAY DOG EST UNE BRUTE
OU «LE SEXE C'EST L'ENFER»
CHAPITRE 4 / FIN

OUAIS
MAIS J'AI PAS SEULEMENT ENVIE DE TE LA MONTRER...
STRAY DOG A DE NOUVEAU FAIM...
PAS DE PRO-BLÈME,
JE TE RÈGLE ÇA EN DIX MINUTES !
BAH ?
BYE BYE !
OK J'AI COMPRIS !
DANS CE CAS,
ALLONS À LA BASE SECRÈTE !
HUM...OK. PASSONS AU MAC DO SUR LE CHEMIN.
EN ARRIVANT ON VERRA SI TU PRÉFÈRES ME SUCER OU MANGER MAC DO !
QUOIII ?
PFUH

UN ! DEUX !
光陽ー
ファイオー
ALLEZ ON Y VA !
ファイオー
OUAIS !
ファイッオー
LAISSE-LES VOIR.
...!
JE PEUX LA REVOIR ?
...

HMMM...
ALLEZ ...
HUM ?
PENCHE-TOI PLUS.
14CM DE DIFFÉRENCE DE TAILLE C'EST CHAUD...
AT-TENDS !
ON VA NOUS VOIR LÀ.

TU M'AURAS PAS AVEC TON SOURIRE !
JE SUIS DÉ...
PAF
UH
TERA-YAMA
MIKI !
JE M'EN SOUVIENS BIEN.
HUMF !

STRAY DOG N'A PAS SU ME RÉPONDRE...
MAIS SES MURMURES DANS LE SOLEIL COUCHANT M'ONT RÉCONFORTÉ.
JE ME SOUVIENS
DE COMMENT ON ÉCRIT TON NOM.
TU TE SOUVIENS DU MIEN ?
MI. KI. TY.
SI TU T'EN SOUVIENS, JE T'EM-BRASSE.
MOUAAIS BOF...

J'SAIS PAS...
PFH
PFH
PFH
ET TOI, POURQUOI T'ES ATTACHÉ À KASHIWA ?
PFH
PFH
PFH
EN FAIT...
J'SAIS PAS.
PFH
PFH
PFH
C'EST PAS GRAVE DE PAS SAVOIR POURQUOI.
ON S'EMBRASSE CHIAKI ?

C'ÉTAIT LA PREMIÈRE FOIS QU'IL M'EMBRASSAIT.
POURTANT ÇA M'A DÉPRIMÉ...
JE ME DEMAN-DE POUR-QUOI ?
À TON AVIS ?
HUM...

POURQUOI TU PARLES DE ÇA...
J'AI PAS DES MASSES ENVIE D'EN PARLER...
HUM KASHIWA...
JE VEUX PAS ÊTRE LA ROUE DE SECOURS !
NON TU SERAIS LE CHIEN DE SECOURS...
J'AI PAS ENVIE !
ALORS TU SERAS MON FAVORI...
ENCORE MOINS !
ÇA ME PLAÎT PAS NON PLUS...
PFH ワシャ PFH ワシャ PFH ワシャ PFH ワシャ PFH
TU NOUS AS VUS NOUS EMBRASSER KASHIWA ET MOI...
...

QU'EST-CE QU'IL Y A ?
JE SUIS CONTENT, MAIS JE N'ARRIVE PAS À SOURIRE…
T'AURAIS PU ME PARLER SI T'ÉTAIS LÀ DEPUIS LONGTEMPS.
C'EST CE QUE J'AI FAIT.
ALORS COMME ÇA JE T'AI PLU AU PREMIER REGARD ?
TU NE MÂCHES PAS TES MOTS.
ET ALORS ?
TU AIMES LE GRAND FRÈRE DE KASHIWA ?

BAH ALORS C'EST QUOI CET AIR DE CHIEN BATTU ?
ÇA TE VA SUPER BIEN !
FORCÉMENT HEIN...

KITAGAWA
JE T'ATTENDS
CE SOIR À 18H AU MÊME ENDROIT QUE D'HABITUDE.
BON, OK...
BIP BIP
OH
JE VAIS LE BUTER...
TU M'ATTENDAIS ? TU VOULAIS ME VOIR STRAY DOG ?
......

ON A UN MESSAGE DE LA PART DE KASHIWA...
« JE T'INVITE AU RESTO DEMAIN »
IL EST RENTRÉ AVEC KANA.
TERU...
LE PAUVRE...
LAISSE TOMBER KASHIWA.
HÉ TERU !
DÉSOLÉ JE RENTRE,
J'AI BESOIN DE ME RAFRAÎCHIR LES IDÉES.

COMMENT EST-CE POSSIBLE ? RÉCUPÉRER KASHIWA GRÂCE À MIKITY...
TU M'ATTENDS, HEIN !
IL EST TELLEMENT NAÏF...
ÇA DOIT ÊTRE POUR ÇA QU'IL ME PLAÎT.
HEIN ?

TU VIENS DE T'EN RAPPELER ?
EXCUSE-MOI TERU...
J'AI DÉCONNÉ.
PAS GRAVE.
JE VAIS TOUT DE SUITE EN PARLER À KANA.
JE VAIS PASSER TOUT MON TEMPS AVEC TOI MAINTENANT.
BIEN !
DANS CE CAS, RENTRONS ENSEMBLE AUJOURD'HUI.

PFF !
TAP TAP TAP
L'ENFOIRÉ !
À PARTIR DE MAINTENANT C'EST MOI QUI TE PROTÈGE !
JE NE VAIS PAS VOIR KANA PENDANT UN MOMENT !
ÇA NE PEUT ÊTRE QUE MOI !
COMME TU ES FORT EN BASTON...
......
TAP TAP TAP
SEUL QUELQU'UN
DE PLUS FORT QUE TOI PEUT TE PROTÉGER.

C'EST MON FRÈRE !
NON ?!
JE ME FICHE DE CE QUE FAIT MON FRÈRE,
MAIS JE REFUSE QUE TU DEVIENNES UN PERVERS TERU !
ALLEZ ON S'EN VA !
...

ARRÊTE DE M'APPELER COMME ÇA.
TERU NE T'APPROCHE PAS DE LUI !
IL SE FAIT DÉJÀ PLEIN DE MEUFS ET MAINTENANT IL S'ATTAQUE AUX MECS ?
CE TYPE EST UN PERVERS !
DERRIÈRE LE BEAU GOSSE SE CACHE UN VIEIL HOMO DÉGOÛTANT !
CE MEC BAISERAIT N'IMPORTE QUOI !
DES SINGES, DES CHIENS... MÊME TOI, ALORS TU VOIS !
MÊME MOI ?
UN VIEIL HOMO ?
C'EST UN HOMO ! UN HOMO !
JE SUIS BI.
EN PLUS MIKITY CELUI QUE TU AIMES...

STRAY DOG ???
...
OU...
OUAF ?
MIKITY JE NE TE LAISSERAI PAS AVOIR TERU !
GGH !
JAMAIS !
TU M'ENTENDS ?

JE CROIS QUE ÇA A ÉTÉ L'AMOUR AU PREMIER REGARD...
AVEC STRAY DOG.
HOULA...

T'AS OUBLIÉ PETIT KASHIWA ?
PFH
PFH
PFH
PFH
...
HIER,
TU M'AS ENVOYÉ LUI DIRE UN TRUC.
PFH
ワシャ
ワシャ
PFH
ワシャ
PFH
ワシャ
TA...TA MAIN ?
AH.

VOUS VOUS CONNAISSEZ ?
HEIN ?
HEU N...
HIER...
OUAIP.
HIER ??
OUPS !

...
ENCORE, JIRÔ ?
ALLEZ C'EST LA DERNIÈRE FOIS !
...

MAIS JE N'EN AVAIS PAS VRAIMENT ENVIE.
EN GROS ...
T'ES EN TRAIN DE DIRE QUE C'EST DE MA FAUTE ??
NE T'IN-QUIÈTE PAS,
JE NE L'AI PAS TROP MAL VÉCU.
MAL VÉCU ?
ET SACHE QUE JE NE L'AI PAS FAIT PAR PITIÉ.
QUOI ?
AH !
T'ÉTAIS LÀ GRAND FRÈRE !
JE DOIS INVITER HIRATA AU RESTO, FILE MOI DE L'ARGENT !
!

J'AVAIS BEAU COURIR JAMAIS JE NE TE RATTRAPAIS. MAINTENANT JE DÉPASSE 1M80 POURTANT...
IL ME MANQUE ENCORE TROIS CENTIMÈTRES AVANT DE FAIRE LA MÊME TAILLE QUE TOI...
POURQUOI TU M'AS EMBRASSÉ ?
PARDON...
JE N'EN AVAIS PAS L'INTENTION.
J'AI SEULEMENT VOULU ÊTRE GENTIL COMME TU ES AMOUREUX DE MOI.

TU ME FOUS LA MIGRAINE !
COMPARÉ À TOI TOUT EST MARRANT !
ALORS POURQUOI TU ME COLLES TOUT LE TEMPS ?
POURQUOI ?
NE ME DEMANDE PAS POURQUOI.
JE N'AI JAMAIS REGARDÉ QUE TOI DEPUIS QUE JE SUIS TOUT PETIT.

TU T'AMUSES PLUS SANS MOI, AVOUE !
ALORS…
IL S'EST PASSÉ QUOI HIER !
KASHIWA (GRAND FRÈRE)
QU'EST-CE QUE ÇA PEUT TE FAIRE ?
EN PLUS, T'AS GÂCHÉ TOUTE MA BONNE HUMEUR !
MAIS NON MAIS NON…
C'ÉTAIT ÇA QUI LE TURLU-PINAIT ?

SI TU SAIS QUE C'EST IMPOSSIBLE, NE DIS RIEN.
ON EST TOUJOURS EN TRAIN DE T'ATTENDRE, PENSE UN PEU À NOUS.
...
EST-CE QUE PAR HASARD TU TE SERAIS FAIT UN AMI PLUS IMPORTANT QUE MOI, TERU ?
HEIN ?
JE SUIS SÛR QUE TU ÉTAIS AVEC LUI HIER !
...
C'EST DÉCIDÉ, JE NE VERRAI PLUS KANA !
JE REFUSE QUE TU T'AMUSES SANS MOI ! C'EST COMPRIS ?
NON !
HEU ...
TU ME DÉTESTES MAINTENANT ?
PARCE QUE JE N'AI PAS FAIT ASSEZ ATTENTION À TOI ?

POURQUOI ?
PARCE QU'HIER VOUS VOUS ÊTES ENCORE DÉVOUÉS POUR SERVIR D'APPÂT !
AFIN QUE JE PUISSE PASSER DU TEMPS TRANQUILLE AVEC KANA, VOUS ÊTES ALLÉS PROVOQUER UNE BANDE D'UNE AUTRE ÉCOLE !
JE SAIS TOUT !
BON ON VOULAIT GARDER ÇA SECRET
AUTANT QUE POSSIBLE...
MAIS ALORS COMME ÇA TU SAVAIS.
UH
ET TU CONTINUAIS QUAND MÊME À SORTIR AVEC TA COPINE ET À NOUS POSER DES LAPINS.
JE ME DEMANDE CE QUE HIRATA ET KAPPEI VONT PENSER DE ÇA...
C'EST POUR ÇA QUE JE TE DIS QUE JE VAIS PAS LA VOIR...
QUI T'A DIT D'ARRÊTER DE LA VOIR ?
MAIS JE...
NE FAIS PAS DES PROMESSES EN L'AIR C'EST ENCORE PLUS AGAÇANT.

NON RIEN JE T'ASSURE.
TERU, VIENS AVEC MOI.
VOUS AVEZ
RECOMMENCÉ...
QUOI ?
TE FOUS PAS DE MOI.
HIRATA A UN ŒIL AU BEURRE NOIR ET MAINTENANT JE DOIS L'INVITER AU RESTO...
JE NE VAIS PAS VOIR KANA PENDANT QUELQUE TEMPS.
...

IL NE S'EST VRAIMENT RIEN PASSÉ ?
TU SAIS QUELQUE CHOSE HIRATA ?
NON.
ET TOI KAPPEI ?
JE SUIS PAS AU COURANT.

(PETIT RÉSUMÉ)
STRAY DOG JOUE AVEC UN GRAND MEC ET POUF ! PAR INADVERTANCE ILS BAISENT. LE LENDEMAIN ILS SONT DE TRÈS BONNE HUMEUR.
DOG STYLE
CHAPITRE 4

LE LENDEMAIN.
KASHIWA (LE PETIT)
IL S'EST PASSÉ QUELQUE CHOSE DE SPÉCIAL HIER ?
KASHIWA (LE GRAND)
OH NON.
RIEN DU TOUT.
À SUIVRE LE SECRET DE MIKITY OU « QUOI ? QUEL SECRET ? »
3E CHAPITRE / FIN

NE ME SORS PAS QUE T'ES AMOUREUX HEIN !
T'ES CON OU QUOI ?
JE ME SOUVIENDRAI MÊME PAS DE TON NOM DEMAIN.
TU PARLES... JE SUIS SÛR QUE TU VAS ME SUIVRE PARTOUT EN ME RENIFLANT LE CUL,
HEIN STRAY DOG !
JE CROIS QUE JE TE DÉTESTE.
PAREIL POUR MOI.

ON S'EST MIS À RIRE ENSEMBLE LORSQU'ON N'A PAS SU QUOI FAIRE DU PRÉSERVATIF.
ENSUITE JE LUI AI FILÉ UN MOUCHOIR. IL A RIGOLÉ À GORGE DÉPLOYÉE EN SE NETTOYANT.
ON A REMIS NOS SOUS-VÊTEMENTS ET ON S'EST GRILLÉ UNE CLOPE EN SILENCE.
J'AI BIEN AIMÉ CETTE JOURNÉE.
J'AI DIT.
JE SUIS UN PEU TROUBLÉ...
ON DIRAIT PAS POURTANT.
JUSTEMENT.
JE SUIS TROUBLÉ DE NE PAS ÊTRE TROUBLÉ.
JE VOIS.

C'EST LÀ
AAAAAH !
QU'IL A JOUI SANS QUE JE PUISSE VOIR SON VISAGE.
JE VEUX LE VOIR !
AAAH !
IDIOT DE CHIEN !
J'AI JOUI LORSQU'IL M'A EMBRASSÉ.

AT-TENDS IDIOT !
JE... JE VEUX VOIR ...
NON !
NON J'AI DIT !
TON VISAGE...
JE VEUX TE VOIR JOUIR...
JE SUIS SÛR QUE ÇA VA ME FAIRE JOUIR AUSSI !
ESPÈCE DE PERVERS !!
C'EST TOI LE PERVERS !
JE SUIS PAS TON CHIEN !
JE SAIS ...
STRAY DOG !
UH ...

AÏE
AAAAH !
VLAN
ENCORE ?
ÇA FAIT MAL.
TU VEUX QUE J'Y AILLE PLUS FORT ?
VA...
VAS-Y !
ÇA FAIT VACHEMENT MAL.
VLAN
HEU DÉSOLÉ MAIS...
VLAM
ÇA VIENT !
AAH !
VLAM
AAH !
JE...
AAH !
VLAM
JE PEUX PLUS ME RETENIR...
VLAM
VLAM
JE VAIS JOUIR...
T'ES...
C'EST TROP BON...

TIENS.
DÉ-CHIRE-LE.
JE SUIS PAS SÛR DE POUVOIR LE FAIRE.
SS
VAS-Y DOUCEMENT HEIN.
HÉ HÉ
GRR
QUOI « HÉHÉ » ? CHIAKI BAISE COMME UN CHIEN AFFAMÉ.
AAH
AH !
JE DOUILLE.

AH !
AR-RÊTE !
C'EST TROP CHIAKI !
FLOUTCH
AH !
NON SÉ-RIEUX !
C'EST POURTANT COMPLÈTEMENT MOUILLÉ À L'INTÉRIEUR.
NON DU TOUT !
TU TE TROMPES !
CASSE PAS L'AM-BIANCE. ON Y ARRIVE.
OÙ ÇA ?
JE NE PEUX PLUS ME RETENIR.
MOI NON PLUS !
ALORS JE PEUX ?
HEIN ? HEIN ?
FRR
ATTENDS.

…
QUOI ?
COMME UN ANIMAL DE COMPAGNIE !
BOUH
LÈCHE, TOI !
SLU
AH
CHIAKI ! STOP ! STOP !
AH… AAAH !
FLOUTCH
AUCUNE DÉCENCE !
AAH…

SMACK
IL EST DOUÉ.
GNN
GNN
UUUH
HN
SS
SMACK
IL POURRAIT ME FAIRE JOUIR RIEN QU'EN ME LÉCHANT LES TÉTONS !
AAH
CHIAKI...
LÈCHE.
TES DOIGTS ?
OUI.
LÈCHE-LES BIEN.
IL FAUT PRÉPARER LA PÉNÉTRATION.

BAH ?
C'EST MIEUX COMME ÇA.
SI TU LA VOIS, TU VAS HÉSITER.
J'AI DÉBANDÉ D'UN COUP LORS DE MA PREMIÈRE FOIS.
TU N'ES PAS OBLIGÉ DE LA TOUCHER.
ALORS JE TE TOUCHE OÙ ?
LES OREILLES, LE COU...
JE SUIS PLUTÔT SENSIBLE.
HUM
AH...
PAS LA NUQUE SINON JE VAIS ENCORE RIGOLER.

IN-DÉ-CENT...
C'EST INDÉCENT.
TU AIMES ÇA ?
SLURP
OUI...
DÉSHABILLE-TOI, MAIS T'ARRÊTE PAS.
FRR
HMM
TU N'AS AUCUNE PUDEUR MIKI.
SLURP
ATTENDS CHIAKI...

SLURP
LE PÉNIS DE STRAY DOG EST PLUS DÉVELOPPÉ QUE CE QUE JE CROYAIS.
JE ME DEMANDE COMBIEN DE FILLES IL A FAIT JOUIR ...
SLURP
SLURP
SLURP
QUOI ?
TU-VEUX VOIR MON VISAGE ?
SS
TIENS VAS-Y
REGARDE
GGH

JE PEUX LA VOIR ?
OUAIS ...
PFH
PFH
J'AI L'IMPRESSION D'ÊTRE UN ANIMAL DE COMPAGNIE QUI VIENT D'ÊTRE ACHETÉ PAR UNE RICHE GRAND-MÈRE...
N'IMPORTE QUOI !
JE PEUX LA LÉCHER ?
OUAIS ...
C'ÉTAIT PAS UNE IMPRESSION...
DE QUOI ?
JE SUIS UN ANIMAL DE COMPA-GNIE...

JE PEUX T'ENLEVER TON PANTALON ?
OUAIS MAIS
NE T'ARRÊTE PAS DE M'EMBRASSER.
NON NON.
JE CROIS QUE STRAY DOG AIME MA FAÇON D'EMBRASSER.
DOG STYLE
CHAPITRE 3

CHU
(PETIT RÉSUMÉ) DRÔLE DE JOURNÉE.
JE VIENS À PEINE D'APPRENDRE SON NOM...
SLUP
IL EST PLUS ÂGÉ QUE MOI, C'EST UN CRÉTIN ET IL A MAUVAIS CARACTÈRE...
IL EST PLUS GRAND AUSSI.
ET C'EST UN MEC...
JE NE SAVAIS PAS QU'UN BAISER POUVAIT ÊTRE AUSSI BON...
DOG STYLE
CHAPITRE 3

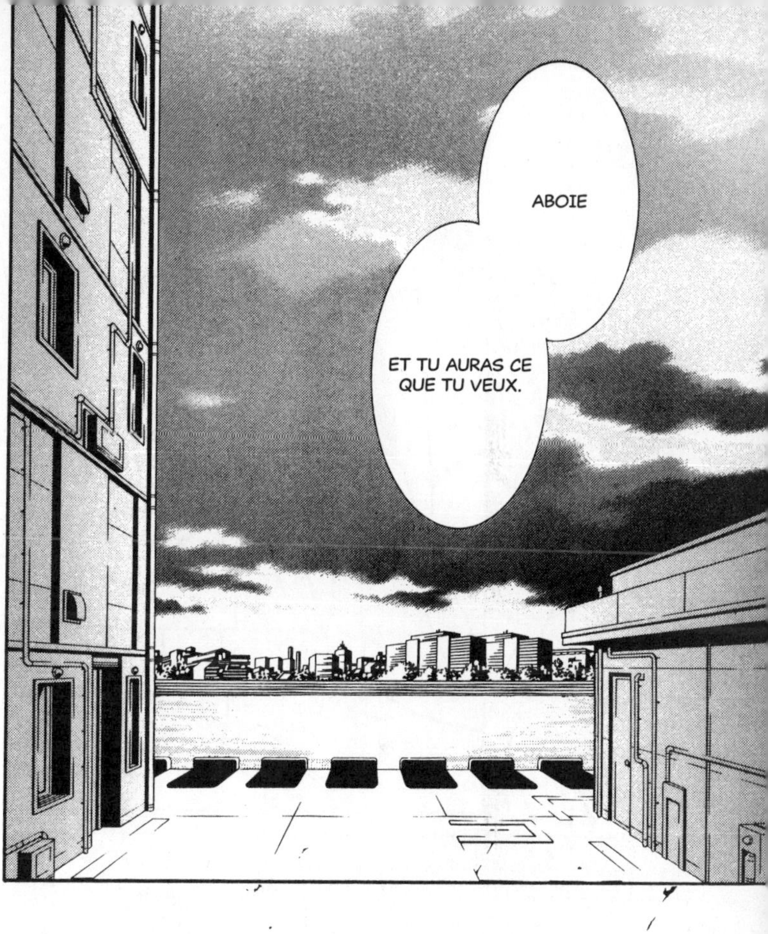


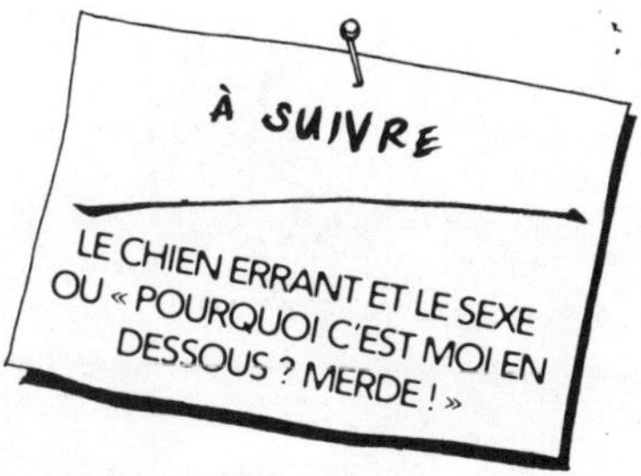


CHAPITRE 2 / FIN

T'EN AS ENVIE ?

TU...
NE PARLE PAS.
CE N'EST PAS LA PEINE...
LES CHIENS ERRANTS...
SONT TOUJOURS AFFAMÉS.

HA HA HA HA !
ARRÊTE JE TE DIS ! ARR...
HA HA HA HA !
CRAC
CRAC
CRAC
HA HA HA HA HA !
GOUZI
GOUZI
GOUZI
GOUZI
ARRÊTE !
CRAC

S'ILS NOUS VOIENT RENTRER
ON EST FOUTUS ALORS BAISSE-TOI !
HII !
ARRÊTE, ÇA ME...
ARRÊ-TEUUH...
HIIII !
HA HA HA HA !
HÉ HÉ
JE SUIS HYPER CHATOUILLEUX DU COU !
HAHAHAHA !
NAN !
JE VOIS,
JE SENS QUE JE NE VAIS PAS POUVOIR M'ARRÊTER !
HA HA HA HA !
GUILI
TOI AUSSI ON DIRAIT !

AH
NOUS NOUS SOMMES RENDU COMPTE
QUE NOUS CONNAISSIONS CET ENDROIT...
...
ÉTAIT-CE SON INSTINCT ANIMAL ? EN TOUT CAS, IL AVAIT RETROUVÉ LE CHEMIN DE NOTRE BASE SECRÈTE...
DIS...
ON ENTRE ?
ILS NE NOUS SUIVENT SÛREMENT PLUS, LÀ...
BAISSE LA TÊTE !

HÉHÉ !
OUH !
PLIC
HA HA
AAAAH !
HÉ
HÉ HÉ HÉ
C'EST TROP BON !
IDIOT DE CHIEN.

HÉ !
T'AVAIS UNE BOUTEILLE SUR TOI ?!
HÉ OUAIS !

CHIAKI !
CHIAKIII !!
MIKI !
NOUS AVONS FRANCHI LE MUR.
LE CHIEN ERRANT S'APPELLE CHIAKI.
NOUS AVONS COURU SANS NOUS SOUCIER DE LA DIRECTION DANS LAQUELLE NOUS ALLIONS. ON A COURU JUSQU'À EN AVOIR MARRE.
MAIS… ON NE PEUT PAS METTRE DE COLLIER À UN CHIEN ERRANT.

HAHA !
!
GRIP
MIKI TE-
RAYAMA.
MON
PRÉNOM...
C'EST MIKI.
MIKI !

OUAH !
IL A SAUTÉ PLUS HAUT QUE MA TAILLE !
GRIP
CHIAKI
TU FAIS QUELLE TAILLE ?
GRR
...
SI TU ME LE DIS, JE TE HISSE.
MOI JE FAIS 1M82.
1M70.
1M68.

IL A L'AIR DE FAIRE À PEU PRÈS TROIS MÈTRES...
...
TU ME FAIS LA COURTE ÉCHELLE ?
TU RÊVES !
HOP !
AH
OOOH !

T'ACCROCHE PAS À MOI !
T'ES LE PLUS GRAND EN PLUS !
CHIAKI...
CHIAKIIII !!
MAIS EUH !
CHIAKI !!
OUAIS.
C'EST MON NOM DE FAMILLE.
MAIS MES POTES M'APPELLENT TERU.
ALORS JE T'APPELLERAI CHIAKI,
T'ES MON RIVAL !
FRR
FRR
QU'EST-CE QUE TU RACONTES ?
ÇA S'ÉCRIT AVEC LES CARACTÈRES DE « 1000 » ET DE « AUTOMNE » ?
OUAIS.
CHIAKI...
ON PASSE AU-DESSUS DE CE MUR POUR LEUR ÉCHAPPER ?

JE L'ADORE.
T'AS UN PUTAIN D'INSTINCT TERAYAMA !
C'EST TROP STYLÉ !
UH...
CHIAKI !
CETTE FOIS TU VAS Y PASSER !
MERDE ON A TROP TRAÎNÉ.
ALLONS-Y !
ILS SONT LOURDS...

TU ES TOUJOURS AUSSI TACTILE ?
TOI TU NE L'ES PAS ?
NORMAL POUR UN CHIEN SAUVAGE...
ÇA NE TE PLAÎT PAS DE SENTIR L'ODEUR D'UN AUTRE CHIEN SUR TOI.
AH...
SON ODEUR...
QUOI ?
TES CHE-VEUX ?

...
C'EST COMME SI...
SA PRÉSENCE M'ÔTAIT UN POIDS DE LA POITRINE...
AAH !
TU ÉTAIS EN TRAIN DE M'ADMIRER, AVOUE !
HEIN IL EST TOUT FOUFOU LE CHIEN !
TU ES DINGUE DE MOI !
TU M'FAIS MAL...
NE T'IN-QUIÈTE PAS, JE COM-PRENDS.
ÇA NE ME DÉRANGE PAS.

N'Y PENSE PLUS...
TU COMPREN-DRAS PEUT-ÊTRE.
SI TU RÉFLÉCHIS
MAIS SI TU NE TROUVES PAS LA RÉPONSE, C'EST QUE ÇA N'A PEUT-ÊTRE PAS D'IMPORTANCE.

FINALEMENT, MA MÈRE EST REVENUE UN JOUR AVEC UN BÂTARD QUI RESSEMBLAIT UN PEU À UN CHIEN ERRANT.
AH
ALORS J'AI PIQUÉ UNE CRISE.
FFH
FFH
FFH
C'EST TOUT DOUX EN DES-SOUS…
MOI CE QUE JE VOULAIS C'ÉTAIT PAS UN GENTIL CHIEN DOMESTIQUE, MAIS UN CHIEN SAUVAGE…
← HEUREUX
FFH
FFH
FFH
FFH
C'EST SUPER AGRÉABLE …
SI TU AVAIS RAMENÉ CE CHIEN CHEZ TOI, DE TOUTE FAÇON IL AURAIT ÉTÉ DOMESTIQUÉ…
UNE FOIS QUE TU L'AURAIS EU, TU N'EN AURAIS PLUS VOULU N'EST-CE PAS ?
DIS…
C'EST POSSIBLE !
PAR RAPPORT À CE QUE J'AI DIT…
IL EST CON OU QUOI ?

QU'EST-CE QUE J'AI DIT DÉJÀ...
ME SOUVIENS PLUS BIEN, DÉSOLÉ STRAY DOG !
JE TE DIS QUE JE NE SUIS PAS UN CHIEN ERRANT !
FRR
TU SAIS QUOI, QUAND J'ÉTAIS PETIT...
IL Y AVAIT UN CHIEN QUI TRAÎNAIT À CÔTÉ DE CHEZ MOI.
J'AI DIT À MES PARENTS QUE JE LE VOULAIS ET ILS ONT PROPOSÉ DE M'ACHETER UN RETRIEVER.
PFH PFH PFH PFH
JE LEUR AI DIT QUE JE N'EN VOULAIS PAS.
ALORS ILS M'ONT DEMANDÉ SI JE VOULAIS UN CHIHUAHUA OU UN SHIBA...
MAIS JE LEUR AI DIT QUE C'ÉTAIT PAS ÇA QUE JE VOULAIS.

HUUH
HUUH
HUUH
ON EST OÙ LÀ ?
JUSQU'OÙ ON A COURU ?
HUUH
J'SAIS PAS...
HUUH
AHR
JE VAIS PLEURER...
J'AI L'IM-PRESSION D'AVOIR COURU 50 KILOMÈ-TRES...
J'AI TROP SOIF...Y'A PAS UN DISTRIBU-TEUR ?
Y'A MÊME PAS D'HABITA-TIONS !
J'AI SOIF MEEERDE !
DIS...
ÇA VOULAIT DIRE QUOI...
CE QUE TU M'AS DIT CE MIDI...
QU'UN CHIEN NE DEVIENT PAS UN LOUP ?
J'AI PAS COMPRIS...

MERDE VITE !
HÉ !
CHIAKIII RAMÈNE TA GUEULE !!
« DIS... »
« HUM ? »
« JE PEUX TE DEMANDER UN TRUC ? »
« OUAIS. »
« POURQUOI TU M'APPELLES STRAY DOG ? »
« ... »
« J'AI D'AUTRES CHOSES À TE DEMANDER SINON... »
« C'EST BIZARRE MOI AUSSI... »
« HUM... »
« ATTENDS... »

INCROYABLE QUELLE RÉACTIVITÉ !
IL L'A FRAPPÉ JUSTE AU BON MOMENT.
COMME UN CHIEN !
...
AH IL EST PAS SEUL...
ALLEZ !
PARTONS AVANT QU'IL APPELLE SES POTES.
TU AS FAIT EXPRÈS DE T'ARRÊTER ICI.
HUM ?
TU LES ATTENDAIS, HEIN ?
T'AVAIS PEUR QU'ILS AILLENT VERS LE SUD S'ILS TE PERDAIENT DE VUE.
ESPÈCE DE...
NE ME FRAPPE PAS DANS LES...
ILS SONT LÀ !

PFFH
STRAY DOG !
SHH
CHAC
BAM

...
ON DIRAIT QUE J'AI MIS DANS LE MILLE !
ALLEZ LA MOITIÉ DE LA BOUTEILLE !
HOP
AH ENFOIRÉ !
QU'EST-CE QUE TU FOUS CRÉTIN !
Y A PRESQUE PLUS RIEN DEDANS...

MAIS PAS POUR LA MÊME RAISON QUE TES POTES.
TU AS L'IMPRESSION QUE KASHIWA T'A DONNÉ UN RÔLE ET ÇA TE DÉPLAÎT.
C'EST COMME SI KASHIWA T'AVAIT INDIQUÉ TA PLACE
SANS TE DONNER LE CHOIX.
IL PENSAIT PEUT-ÊTRE TE FAIRE UNE FLEUR...
JE ME TROMPE ?

LE DIS PAS À KASHIWA
ET JE TE LAISSE BOIRE UNE GORGÉE !
J'EN VEUX PAS !
DE TOUTE FAÇON, KASHIWA L'APPRENDRA FORCÉMENT.
ÇA A DÛ ÉNERVER SES POTES
LORSQU'IL A COMMENCÉ À SORTIR AVEC CETTE FILLE.
MAIS TOI TU FAIS TOUT POUR LES CALMER.
T'ES HYPER PERSPICACE ...
TU CROYAIS QUE J'ÉTAIS SEULEMENT BEAU ?
CELA DIT JE COMPRENDS TRÈS BIEN QUE TU M'AIES JUGÉ SUR MON PHYSIQUE RAVAGEUR.
MOUAIS...
DIS, SI J'ARRIVE À DEVINER PLUS TU ME DONNES LA MOITIÉ DE TA BOUTEILLE ?
OK,
VAS-Y !
ALORS ...
LA VÉRITÉ C'EST QUE TOI AUSSI TU ES EN COLÈRE.

VOUS VOUS ÊTES LIVRÉS EN PÂTURE À EUX ?
HA HA
J'AI L'IMPRESSION D'AVOIR COURU 5 KILOMÈTRES... ON S'ARRÊTE UN PEU ?
T'ES PAS VACHEMENT BRAVE POUR UN CHIEN !
MAINTENANT QUE KASHIWA A UNE COPINE...
IL AIMERAIT BIEN POUVOIR EN PROFITER TRANQUILLEMENT...
MAIS LE GRAND FRÈRE DE KASHIWA EST CONNU DANS LE MILIEU DES BANDES...
ALORS QU'EN FAIT BEAUCOUP NE SAVENT PAS À QUOI IL RESSEM-BLE.
C'EST POUR ÇA QUE VOUS PROVOQUEZ VOLONTAIREMENT DES BANDES...
T'AVAIS UNE BOUTEILLE CACHÉE DANS TON SAC...

HAA
HAA
HAA
J'AI SOIF...
ON EST OÙ ?
J'SAIS PAS.
HAA
HAA
J'ALLAIS TE LE DEMANDER...
T'AS BEAU ÊTRE UN CHIEN TU SERS À RIEN ! ON AURAIT DÛ TOURNER À GAUCHE TOUT À L'HEURE !
NON, PAR LÀ C'EST LE SUD.
JE LE SA-VAIS...
NOUS TOUT CE QU'ON FAIT C'EST FONCER AILLEURS QUE VERS LE SUD...
...
KASHIWA DEVAIT ALLER VERS LE SUD, C'EST ÇA ?

(PETIT RÉSUMÉ)
POURSUIVIS PAR UNE BANDE DE VOYOUS SUPER FLIPPANTS UN JEUNE HOMME ET UN CHIEN ERRANT ENTAMENT UN MARATHON MAIN DANS LA MAIN.
MIKI TERAYAMA
LE BEAU GOSSE
(TAILLE : 1M82)
TERU CHIAKI
LE VOYOU
(SURNOM : STRAY DOG)
DOG STYLE
CHAPITRE 2

QUOI ?
LES RAYONS DU SOLEIL DANS SES CHEVEUX BLONDS...
ET ME VOILÀ À NOUVEAU DE BONNE HUMEUR.
ALLEZ, PLUS VITE !
C'EST UNE FUITE EN AMOUREUX ?
IDIOT !
PREMIER CHAPITRE / FIN

QU'EST-CE QUE T'AS ENCORE FAIT STRAY DOG ?
J'SAIS PAS !
UNE CANETTE EST TOMBÉE DU CIEL !
MÊME PAS LE TEMPS DE DIRE OUF...
UNE CA-NET-TE...
QU'ILS ÉTAIENT DÉJÀ TOUS TOMBÉS COMME DES DOMINOS...
ET J'EN AI PROFITÉ COMME J'AI PU...
PFUH !

CHIAKIII !
ENFOIRÉ ! TU VAS VOIR TA GUEULE !
HOULA !
QU'EST-CE QUE TU FOUS ?
ILS VONT TE PRENDRE POUR UN POTE À MOI !
GROUILLE !
HUM ?

... QUE ?
DASH
BAM
BAM
BAM
HII
BING
AH
AH
QU'EST-CE QUE TU FAIS LÀ ?
ET TOI ALORS ?
PEU IMPORTE, FUYONS !
HEIN ?

C'EST TOI...
TERU CHIAKI...
IL EST ÉNORME.
IL Y A ERREUR.
AH
TU ME PRENDS POUR UN CON ?

VOUS ÊTES DE L'ÉCOLE PIKA C'EST ÇA ?
DES POTES DE KASHIWA HEIN...
KASHIWA...
C'EST QUI ?
CONNAIS PAS !
...
VOUS SAVEZ QUI EST CHIAKI ?
ET PUIS IL EST SUPER DÉSOLÉ !
POURQUOI C'EST MOI QUI SUIS DÉSOLÉ ? HEIN TERU ?
NOPE !
CHAIS PAS QUI C'EST !
C'EST UN MALENTENDU !
ARRÊTONS-NOUS LÀ OK ?
TERU ...
PETIT ET BLOND...

ENFOIRÉ DE KASHIWA !
IL A OSÉ ME FAIRE LE COUP DU BAISER VOLÉ ! IL M'A PRIS POUR UNE NÉNETTE OU QUOI ?! MERDE !!
GRRRRRRRRRRRR
PAUVRE CRÉTIN !
BOOOOOOOOONOOOONG

« TAIS-TOI C'EST TROP TARD POUR T'EXCUSER ! »
« M'EXCUSER ? POURQUOI JE M'EXCUSERAIS ? »
ET J'AI DEMANDÉ :
« HIER... »
« C'ÉTAIT UNE ERREUR, N'EST-CE PAS ? »
HEIN ?
HIER...
JE N'AI FAIT QUE RÉPONDRE À TES ATTENTES MIKI.
PAF

ET TOI ?
QU'EST-CE QUE TU VEUX BOIRE ?
AH.
DE LA ASAHI.
JE SUIS À L'AISE AVEC LUI.
MAIS C'EST DE LA BIÈRE !
MA GARDE SE RELÂCHE.
MIKI À PROPOS D'HIER...

TU TE SENS MIEUX ?
GNII
TOI AUSSI ?
?
PAR RAPPORT AU BISOU D'HIER...
J'AVAIS COMPLÈTEMENT ZAPPÉ ÇA...
UNE CANETTE DE CAFÉ POUR ACHETER MON SILENCE,
C'EST PAS BEAUCOUP DEMANDER, NON ?
HUM.

NON.
TU AS LA TÊTE DE QUELQU'UN QUI NE DÉSIRE RIEN NI PERSONNE.
MÊME KASHIWA TE SAOULE.
ET TU T'EN VEUX POUR ÇA.
LAISSE TOMBER,
T'ES UN CHIEN SAUVAGE TU NE PEUX PAS T'HABITUER À L'HOMME.
MAIS SOIS TRANQUILLE,
LES CHIENS SAUVAGES NE DEVIENNENT PAS DES LOUPS.
POUC

HUM...
SI TU VEUX UN INTERMÉDIAIRE ENTRE TOI ET KASHIWA
CE N'EST PAS POUR LA MÊME RAISON QUE LUI...
CE QUI SIGNIFIE ?
EXACTEMENT CE QUE J'AI DIT
À PLUS.
POURQUOI ?
TOUT À L'HEURE, DE QUOI J'AVAIS L'AIR ?
J'AVAIS VRAIMENT L'AIR D'EN AVOIR ENVIE ?

PFUH
HA HA HA HA
TOI AUSSI IL T'A ENVOYÉ !
C'ÉTAIT PAS LA PEINE D'ENVOYER AUTANT DE MONDE.
PFUHUHUH
OH
OUPS,
JE RELÂCHE MA GARDE.
DIS À KASHIWA QUE J'AI COMPRIS.
DIS-LUI TOI-MÊME.
OK.
LE CHIEN ERRANT RIGOLE...

TU TE SENS EN CONFIANCE...
BON !
MESSAGE DE KASHIWA :
JE NE SUIS PLUS FÂCHÉ !
BAH
KOF
IL A DIT AUSSI QU'IL SERAIT DANS LE SUD DE LA VILLE AUJOURD'HUI.

MAIS J'EN SAIS RIEN !!
JE N'ARRIVE PAS À SENTIR TA PRÉSENCE !
T'ES EN TRAIN DE DIRE QUE C'EST COMME SI J'EXISTAIS PAS ?
HEIN !
CRÉTIN !
TU RELÂCHES TA GARDE C'EST ÇA ?
TU TE SENS EN CONFIANCE ?
TU TE SENS...
OOO

BOUAAAH...
PLUS PRÈS TU MEURS.
GYAAAAAAAAAAAAH !
POURQUOI TU NE ME REMARQUES PAS ?
POURQUOI JUSTE MOI ?
TU LE FAIS EXPRÈS POUR M'ÉNERVER OU QUOI ?

C'EST VRAIMENT UN CHIEN ERRANT.
PFF !
JE TE L'AI DIT, PLUS FORT QU'UN CHIEN !
GO !!
1 PAS.
2 PAS.
7 PAS.
18 PAS.
...
FSCHHHHHHHHHHHHH

AUJOUR-D'HUI J'ARRIVERAI À FAIRE 7 PAS !
IMPOSSIBLE, TERU A PLUS DE FLAIR QU'UN CHIEN !
S'IL ME REPÈRE EN MOINS DE 5 PAS, JE TE PAIE LE RESTO.
HUM ?
GO !!
QU'EST-CE QU'IL Y A HIRATA ?
...
J'AI UN MESSAGE DE LA PART DE KASHIWA.
OUI IL DIT QU'IL N'EST PLUS FÂCHÉ.
OK.

QU'EST-CE QU'IL Y A PETIT KASHIWA ?
JE SUIS DE SUPER MAUVAIS POIL...
ALORS TU FERAIS MIEUX DE ME FOUTRE LA PAIX.
TU PEUX ALLER SUR LE TOIT
PARLER À TERU ?
DIS-LUI QUE JE NE SUIS PLUS FÂCHÉ.
C'EST QUI TERU ?
LE MEC APPUYÉ CONTRE LA RAMBARDE DU TOIT DE L'AILE EST.
DIS-LUI AUSSI QU'ON VA SE BALADER VERS LE SUD AUJOURD'HUI.
VOUS VOUS ÊTES ENGUEULÉS ?
VA LUI DIRE TOI-MÊME GAMIN !
JE VOIS...
IL PARAÎT QUE TU T'ES DISPUTÉ AVEC MON GRAND FRÈRE ?
UH...
SI TU LE SAIS POURQUOI TU EN RAJOUTES ?
IL M'ÉNERVE !
DIS-LUI HEIN !

VOILÀ.
JE T'ACCORDE LE TEMPS OÙ JE NE SUIS PAS À L'ÉCOLE, OÙ JE NE BOUFFE PAS
ET OÙ JE NE SUIS PAS AUX CHIOTTES.
NON C'EST BON.
JE SAIS QUE TU ES CONTENT.
IL EST VRAIMENT NAÏF.
JE M'EN FICHE..
IL VEUT BIEN ME VOIR LORSQU'IL N'A RIEN À FOUTRE...
MAIS ENFIN, ÇA TE FAIT PAS PLAISIR ? DIS-LE SI TU ME DÉTESTES !
LA NAÏVETÉ DE KASHIWA A DES EFFETS SECONDAIRES
HÉ !
MIKITY !

TU M'ÉCOUTES TERU ?
AH !
MES IDÉES NOIRES ONT DISPARU AVEC LES DERNIERS RAYONS DU SOLEIL
ET SONT AUS-SITÔT RÉAPPA-RUES DÈS LES PRE-MIÈRES LUEURS.
JE T'ÉCOUTE.
MEN-TEUR !
RÉPÈTE CE QUE J'AI DIT !
KASHIWA EST SUPER GRAND.
« JE VAIS ACCORDER À TERU UN PEU DE MON PRÉCIEUX TEMPS»
EST-CE POUR CELA QU'IL PREND AUTANT DE PLACE DANS MON ESPRIT ?

SONTORY
LE SOLEIL EST ÉNORME.
ON DIRAIT QU'IL VA S'EMBRASER.
J'AIMERAIS QUE MES IDÉES NOIRES ...
DISPARAISSENT EN MÊME TEMPS QUE LES DERNIERS RAYONS DU SOLEIL.

SI ÇA L'AMUSAIT DE ME REGARDER DÉPRIMER... IL AURAIT TRÈS BIEN PU CONTINUER DE ME MATER SANS M'ADRESSER LA PAROLE.
MAIS QUOI...
GLOU
IL VOULAIT PEUT-ÊTRE PAS RESTER SEUL ?
FINALEMENT, QUI EST GENTIL LÀ ?

...
BIM
カコ
AÏE !
TU TE LA JOUES GENTIL OU QUOI ?
JE T'EN FAIS GÉNÉREUSE-MENT CADEAU.
BOIS !
ÇA ME FAIT DU BIEN DE TE VOIR DÉPRIMER.
JE T'ORDONNE DE RESTER ICI !

*CHIEN ERRANT

MOI C'EST TERAYAMA !
T'AS INTÉRÊT À T'EN SOUVENIR UNE BONNE FOIS POUR TOUTES !
IL Y A EFFECTIVEMENT UNE FAILLE DANS MON PLAN DE BASE SECRÈTE...
PUISQUE L'AMI DE KASHIMA (LE GRAND FRÈRE)...
QU'EST-CE QUE TU FAIS ICI ?
C'EST MON TOUR LE LUNDI ET LE MARDI !
LA FERME, ESPÈCE DE CHIEN ERRANT !
A AUSSI DÉCIDÉ D'EN FAIRE SA BASE SECRÈTE.
J'ÉTAIS LÀ QUAND TU ES ARRIVÉ ET TU T'EN ES MÊME PAS APERÇU,
PAUVRE NAZE.
C'EST VRAI ? J'AI POURTANT FAIT SUPER ATTENTION...
TU DEVRAIS AVOIR DU FLAIR POURTANT.

GYAAAAAAAAAAH !
AHAHA !
AAAH ÇA FAIT DU BIEN !
GGHH JE PEUX PAS ...
RESPIRER !
QU'EST-CE TU VEUX ENFOIRÉ !
HEUUU...
POUSSE
GRAB

JE N'EN AI PAS ENCORE PARLÉ À KASHIWA.
JE VOULAIS LUI DIRE, MAIS JE N'EN AI PAS EU L'OCCASION.
MAIS BON...
PUISQUE KASHIWA FAIT DES CHOSES SANS MOI...
POURQUOI...
JE FERAIS PAS DES CHOSES SANS LUI, MOI AUSSI ?
VOILÀ.
JE NE LUI DIRAI PAS !

JE VOIS DE MOINS EN MOINS KASHIWA DEPUIS QU'IL EST SUR SON PETIT NUAGE AVEC SA MEUF.

C'EST QUI TANAKA ?
IL EST SÛREMENT DÉJÀ RENTRÉ AVEC SA COPINE.
C'EST MON IDOLE !
BON ALORS ET KASHIWA ?
IL A DÛ OUBLIER NOTRE RENCARD.
ENCORE ?
ÇA SE FAIT PAS...
IL ARRÊTE PAS DEPUIS QU'IL S'EST TROUVÉ UNE MEUF...
ALLEZ SOYONS COMPRÉHENSIFS,
C'EST SA PREMIÈRE COPINE !
OUAIS MAIS FAUT PAS ABUSER, NON ?
À CHAQUE FOIS ON LE CHERCHE DANS TOUTE L'ÉCOLE.
MAIS NON, ON DEVRAIT SE RÉJOUIR POUR LUI.
T'ES VRAIMENT SYMPA AVEC LUI.
TU NE M'AURAS PAS TERU.
JE SAIS TRÈS BIEN QUE C'EST TOI QUE ÇA ÉNERVE LE PLUS.

HEY TERU !
T'AS TROUVÉ KASHIWA ?
HEU NON...
J'AI VU SON FRÈRE PAR CONTRE...
KASHIWA (GRAND FRÈRE)
AH, SON GRAND FRÈRE...
IL T'A DIT OÙ ÉTAIT KASHIWA ?
NON...
IL DISCUTAIT AVEC UN AMI.
AMI DE KASHIWA (GRAND FRÈRE)
ÇA DEVAIT ÊTRE MIKI TERAYAMA.
UN GRAND MEC, DANS LE GENRE BEAU GOSSE...
TANAKA DE LA CLASSE A EST AMOUREUSE DE LUI. IL M'ÉNERVE.

AH !
AH...
1 - F
CLAC
IL A VU QUE JE
L'AVAIS VU...

DOG STYLE

DOG

dog style
STYLE
CHAPITRE 1

DOG STYLE
AH.
IL M'A VU.

# DOG STYLE

MODORU MOTONI

VOL. 01

## SOMMAIRE

DOG STYLE .......... 3

DOG STYLE 00 .......... 151

BONUS .......... 176

TAIFU COMICS